我　一個人　和自己聊天

字私

zi - si
jeff

張信哲

テラス
Terrace

了

不明白其實比明白來得容易解脱
尤其是等待處理的感情項目越積越多的時候
習慣一個人
這樣要顧慮的事情會少一點
自私到
不傷害別人的自私
是必須的
人世間很多的癥結並非是越辯越明的
寧願把所有的懶惰就推給一個人的這個理由
甘願理都理不清的，就去兩個人
樂於簡單的
一個人看電影，一個人旅行，一個人貪圖、放手
又何妨

十

交差點

向心中的某些個信仰
祂要我必須低頭認罪
他要我應該堅持、固執，或放棄
她要我無法再繼續強辯
它要我拾起零亂的步伐
很多人、很多事都是我的指南針
像十字架釘在思想裏
那般的不可取代

匆

無法預知情感來去的速度
只好面對它的倉促
不能改變熱情到冷漠的差別溫度
只好欣賞過程裏的善變
當就快變成別人希望中的那種人時
我會加快腳步離開
寧願成為你生命中的匆匆
也不瑟縮在心情的隧道裏
左轉也不是，右轉也不對的
找不到出口

HK3-123414
第五春陽丸

丸 神

渡口在海裏遠遠近近
遠方在眼前迷迷濛濛
感情在心中消消長長
我不需要舵
憑感覺
我想也應該到得了要去的地方
而你
會在那裏嗎？

右

向

朝著我的所在位置來
不管在地球上的哪個座標
不管在你心中哪個無形的角落
隨性才是最上等的優雅
所以
不疾不徐、不慌不亂、不上不下、不多不少
清澈的藍
會是相愛之後被我們存底的顏色

回

世界要轉幾圈，戀愛要談幾遍，機票要換幾張，陌生要遇幾趟
往事要放幾次，美好要求幾輪，未來要討幾樣，批判要下幾番
熟悉要忘幾個，酒意要擱幾杯，距離要減幾吋，火熱要降幾度
憂鬱要疊幾層，睡著要醒幾次，故事要翻幾頁，夕陽要黃幾日
情人要掉幾回，告白要說幾字，朋友要在幾時，行囊要擱幾處
誤解要傷幾人，膨脹要幾倍，回收要幾次

如果

我們兩個同時張口說謊言

就回不去

好

不會飛
但常常俯瞰城市的整個風情
不刻意
但常常成為風景裏的一處
隨遇而安是浪漫的
所以不喜歡稱它漂泊流浪
我只是習慣會把每次的陌生
都當作
某年某月某一天的家
可以陪我的心事走過每條街
可以用我的短暫過每個夜
可以把我的世界縮小成每個國度

形

塑造出一個絕美的姿態
不是要美化醜陋的
只是想讓我追的
定形

電池
ます。

折

衣服掛在手臂，那是對付氣溫變化用的
眼鏡掛在耳朵，那是應付視力焦距用的
愛情掛在心頭，那是面對某個人的起起伏伏用的
我掛在你的思念裏
那是記得我的好曾經讓你多麼珍惜用的
衣服皺了，用力一甩，折一折它就整齊了
眼鏡歪了，拿下來，折一折它就穩了
愛情亂了，狠心一拋，它就平息了
思念來了
激情擁抱，折一折，它就受歡迎了

大ちゃん
呑み喰処
大ちゃん
カラオケ
100円
ROBERT MITCHUM
MARILYN MONROE
RIVER OF
NO RETURN
愛の嵐
熱いのがお好き

步

每個人都只有一個人生
那是不夠的
於是，我們和朋友們交談各自的精彩，各自的沮喪
於是，我們和書本交會在某盞燈光下體會陌生人的寫作
於是，我們待在電影院裏摸黑加入虛構且影射自己的劇情
於是，我們談笑風生的為八卦驚訝又煞有其事的編戲
於是
我們就過著數十個人的人生
來補貼自己的乏味
來刺激自己生活的活力
牆上張貼的海報
一張一種故事
一張一遍曲折
歡歡喜喜地
我步行過好幾次的他人的生命

呑み喰処
大ちゃん
店も店主も、よれよれと営業中!!
困った顔は、生まれつき・・・
カラオケ
100円
光回線
DAM
愛の嵐
TECHNICOLOR
RORY CALHOUN
ERIC DOLPHY IN EUROPE, VOL. 2
禁煙のお願い
禁煙
とさせていただきます。
よろしくお願いします。

tenderly KENNY BURRELL solo guitar concert
LUSH LIFE
LIKE SOMEONE IN LOVE
I LOVE YOU
TRANE'S SLOW BLUES
LUSH LIFE
I HEAR A RHAPSODY
JOHN COLTRANE
trio, quartet and quintet
口笛が流れる港町
抜き射ちの竜
L'AVEU
駅馬車
ジョン・ウェイン
ALAIN DELON
PLEIN SOLEIL
ビリー・ワイルダー作品
"SOME LIKE IT HOT"
お熱いのがお好き
呑み喰処
大ちゃん

底

涙滴成的河我屏息潛游到心底
看見雜亂無章又四處放的阻礙
正在等待刺痛我的身體
不了，不了
望著河面陽光折射的線條
直升
又是又非的屏障在我的環境裏峰峰相連著
被壓進山谷裡踽踽獨行時
那一大片的天空總能給我提示
飛
用不是翅膀的翅膀飛
往不是方向的方向飛
上升

泣

過了掩臉痛哭的年紀
有時候很不欣賞如此鎮定的自己
還沒有看盡繁華
也還不至於滄海桑田
卻
很難再有波瀾
當你要我承認有沒有戀上誰的那刻

長

佇足
留戀
不捨
倒帶
溫熱
一往
人都在長長的思念裏天翻地覆著

慌張的時候請記得要面帶微笑
遲疑的時候請記得要步伐輕快
悲歌的時候請記得要面向快樂
轉身的時候請記得要心情全裸
遙望的時候請記得要鎖定焦點
撿拾的時候請記得要曲線和諧
遺忘的時候請記得要釋懷開闊
奔跑的時候請記得要放下行囊
旅行的時候請記得要妄想前方
寫信的時候請記得收件人是我

信

勁

軟弱 = 硬起來和情緒開戰
不說 = 豁出去和是非對看
緩慢 = 挺起來和匆忙平衡
無情 = 收回來不和無謂糾纏
離開 = 邁出去對不留我的嗆聲
惶恐 = 癱下來和自己承認受不了了
難捨 = 丟出去所有不該保留的感情殘渣
徘徊 = 繞出來那個限制我的圈圈
通常動機都很有勁
行為卻有氣無力

えびす通り

えびす通り

ALVORADA

峙

可以嗎？累了吧！
緊握嗎？鬆手吧！
那樣嗎？那樣吧！
逐流嗎？頓悟吧！
狂熱嗎？冷漠吧！
擁有嗎？懷念吧！
清楚嗎？渾噩吧！
遲疑嗎？堅決吧！
事實嗎？作夢吧！
存在嗎？毀滅吧！
永遠嗎？短暫吧……
我始終在和自己對望時
沒有結論的做著對答題
然後
和同一個人
對峙

挾

衝動綁票了決定揮著果斷的旗幟往外奔
跋扈威脅著思考揚起拭淚的表情向前跌
突然的邪惡逼迫著自我解讀往灰色系陷
當叛逆來襲
心裏那個孩子就跳出來
嚷嚷著不要變壞，不要變複雜
然後
我每一次就被這個孩子挾持成功
踉踉蹌蹌的就又和他
手牽手

スプートニクの恋人

染

思緒染上你的容顏
這不容易清洗得掉
那麼
可不可以不要給我憂鬱的藍
太耀眼會讓我的心打不開
徐徐的、緩緩的、輕輕的
讓我再放下擋著你的愛的手之前
就能夠有預感
迎來的會是一片輕鬆的藍
不好嗎

穿

理性拆穿情緒
未來看透現在
激動刺破冷靜
事實鑿開想像

有時候
也想讓自己被故事劃穿
崩潰一下下也好

門

瞞不了的，我會讓它竄出去
也許經過陽光的曝曬
它的後座力不會這麼大
鎖不了的，我會放它奔出去
不追、不留、不戀
也許這也是一種表白的方式
但
還是在打開以前習慣要再左顧右盼的
確保
它們是安全的

限

越過了所有的界線，我們就可以在一起了嗎？
有形的容易解決
無形的隨時叢生
這些我們都明白，卻還都很願意往掙扎裏跳
那麼
限愛會不會好一點
限迷戀能不能好一點
限付出是不是好一點
限你
不可以這樣放肆的來去我的心
要不要？

倚

我靠在月光的邊緣思索
我貼著情緒的波浪起伏
我望著一片黑看懂了白天
我照著心裏的路線流亡
我拾著半亮的燈回到想要的地方
卻
有時消極，有時執著
心情總是興風作浪的
讓我停在不該停的角落

ホーム

捉

讓我暫停時間的流轉
讓我定格經過的景色
讓我揮霍剎那的感覺
讓我發洩當時的執著
因為
怕
什麼都留不住

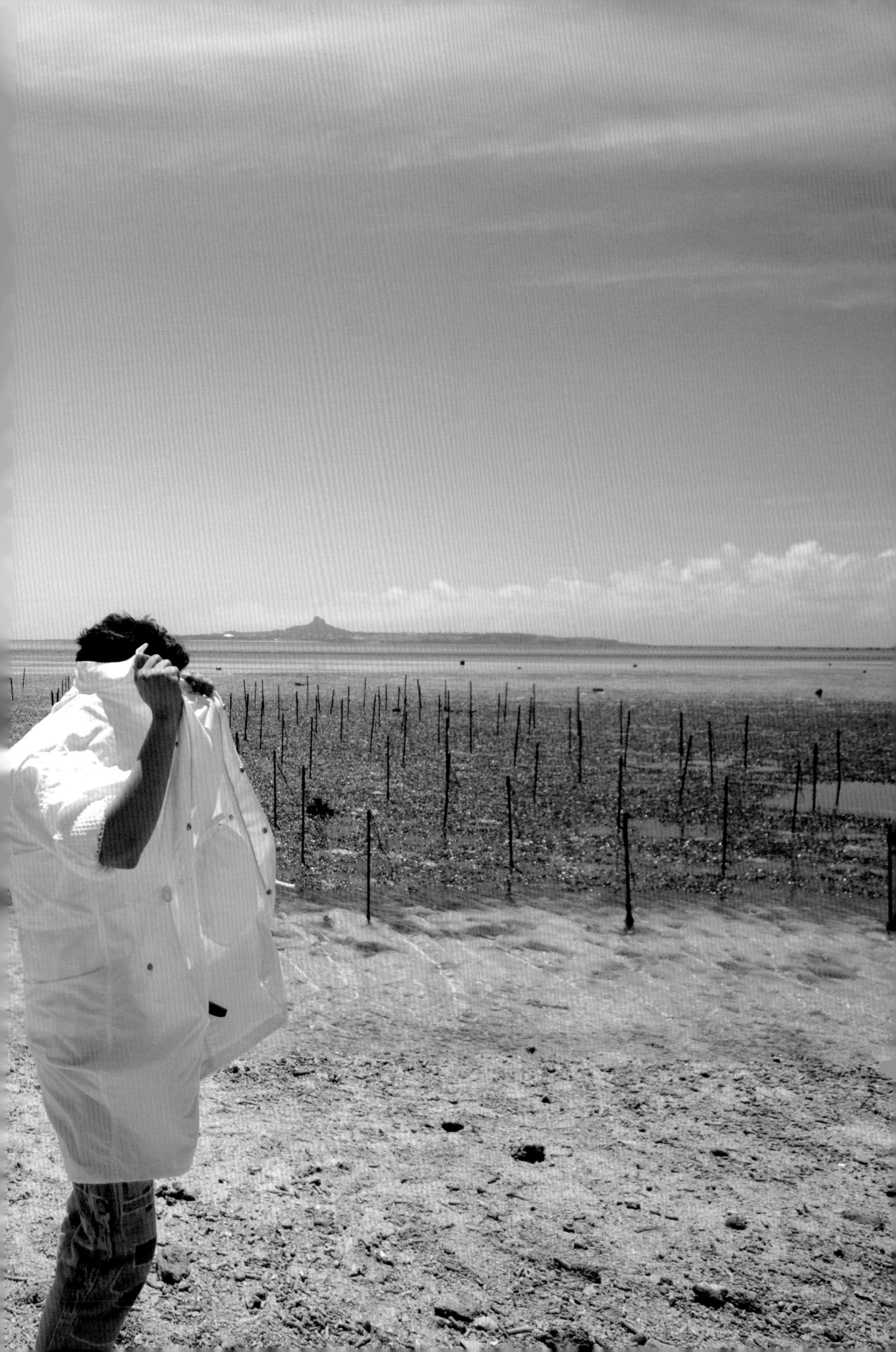

旁

把我牢牢的種在不起眼的角落就好
讓我很重要，也能很微不足道
當被攻擊的時候
我會逃
但在被負荷不了的幸福跟蹤的時候
我身上會長出有刺的暗示
擋住太多的美好
因為
不知道這次的感情
是不是來真的

疼

有一種愛，不是愛
有一種狂，不是狂
有一種亂，不是亂
有一種等，不是等
有一種哭，不是哭
有一種尋，不是尋
有一種逃，不是逃
只是
自我安慰

可操作
不可操作

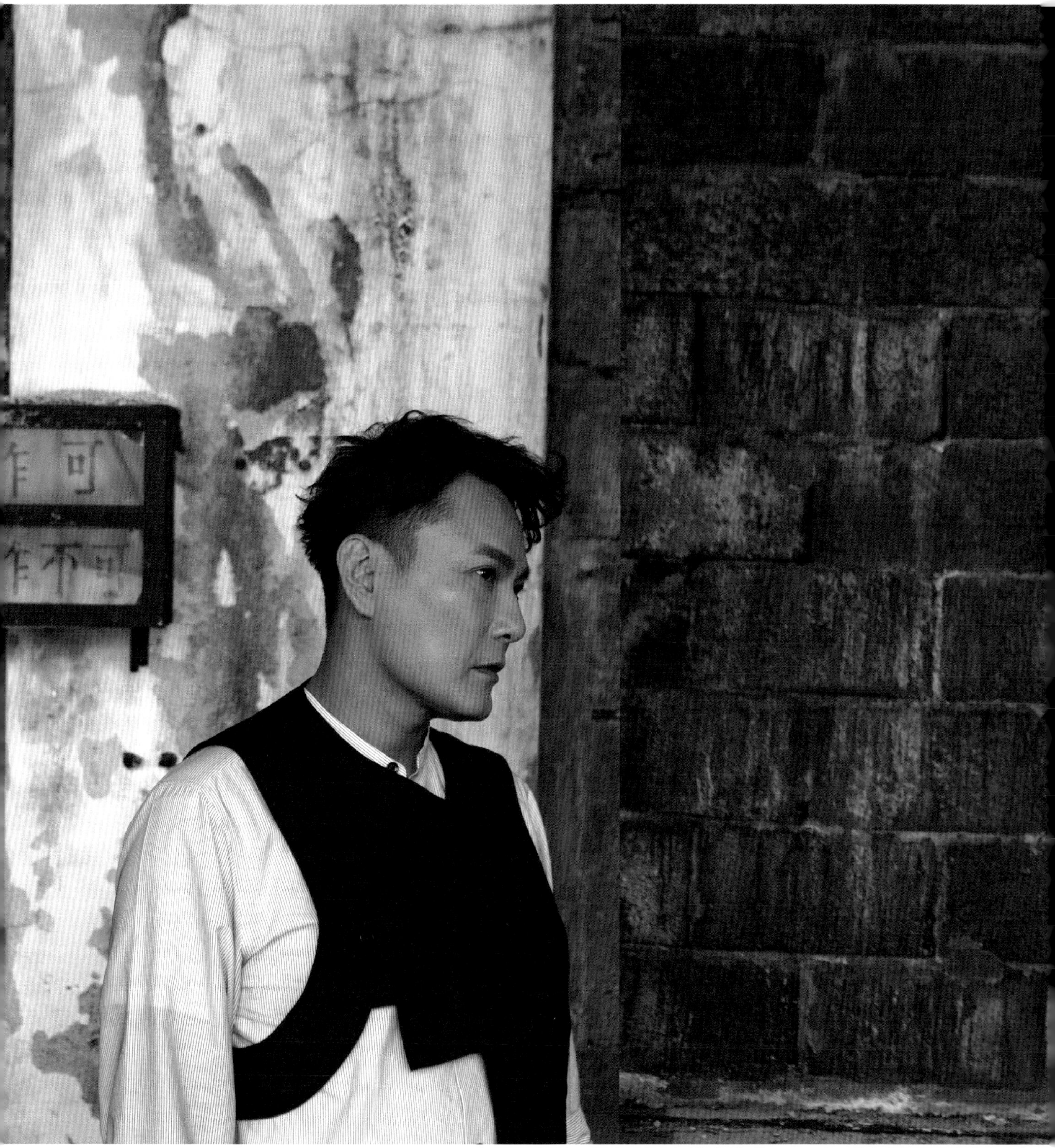

眠

醒著的意義
思緒的容量
徘徊的次數
飛行的遠近
飲酒的姿勢
赤裸的不安
乾燥的嘴角
茫然的視野
世界
休眠

迷

走在未知裏是一種釋然

人

一多了思量就會被綑綁成陌生人

感情討價還價

事實銀貨兩訖

不如

就這樣吧

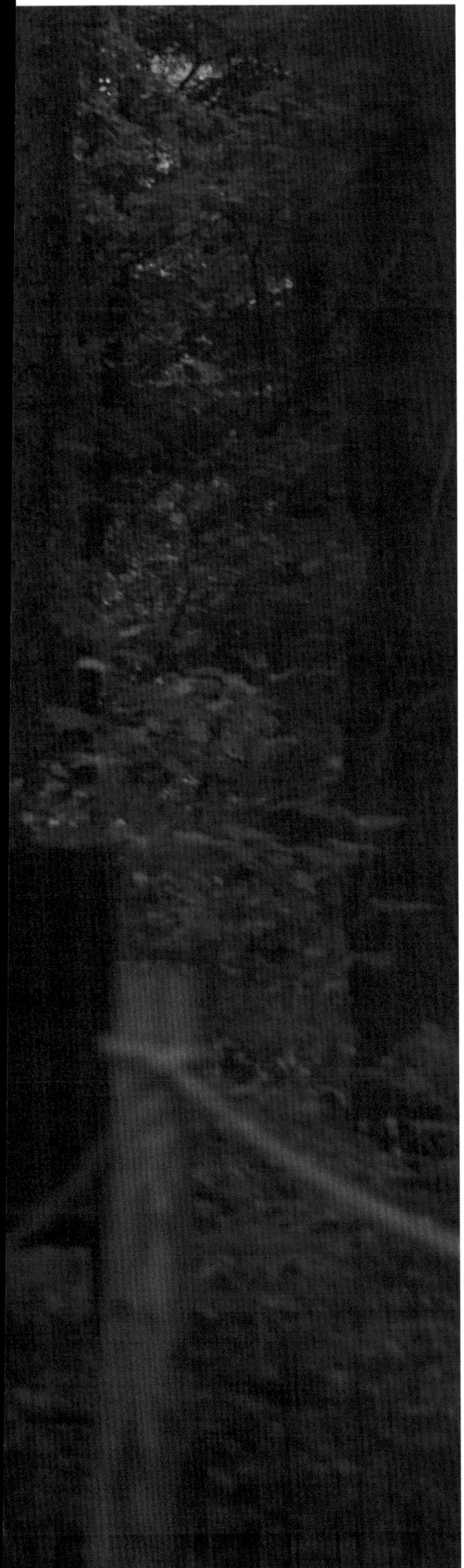

問

有沒有盡頭？
是不是繼續義無反顧？
要不要停下來等你？
會不會又是一場追逐？
肯不肯從容的給我答案？
該不該回頭？
應該
又只是一次又一次的循環吧

ALSOK
au
のHOT STATI

ALSOK
食品衛生協会員之章
au
Wi-Fiつかえます
Free Wi-
のHOT STATION!
docomo
Edy
加盟店
No Pets Allowed
加盟店
AUTO DOOR
営業時間(年中無休)

夠

本來是要給你囤積的
以為那些都是可以共用的感受
怎麼會我越付出越只像個送貨員
不能共享，只是提供而已
從來就不是個主導者
也不預設立場會淪為受害者
但
最後
我也不過只是個你和寂寞之間的
旁觀者
其實
我比較希望能當一個當你和愛情在搏鬥時的
肇事者

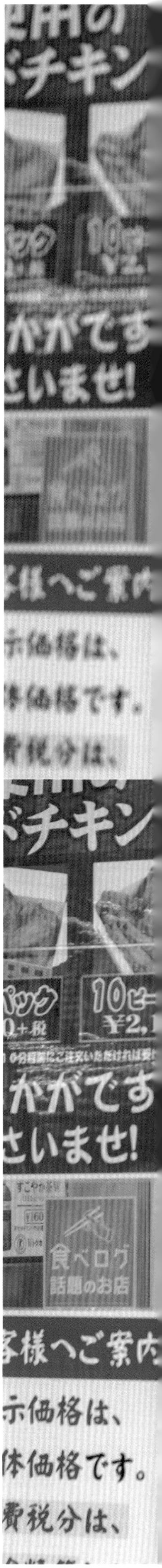

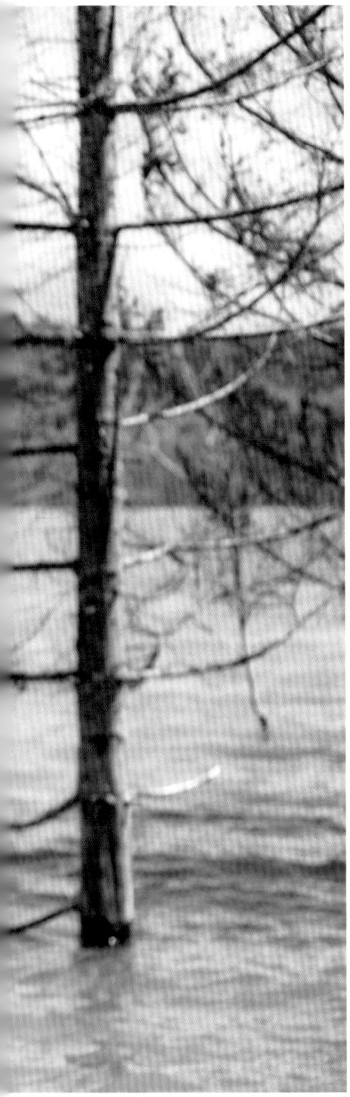

巢

遷入
還是移出
你決定

HEIWA SHOPPING AVENUE
平和通り商店街
メンズ
幸地
1000円
Ginzaya

掘

你挖不出我的心事的
保護色是用來給朋友們愉快的
不是來成就別人對我的好奇的
平凡就是平凡
沒有波瀾就是沒有
一如你我他
我沒有什麼特別的可以展示
這不就是日常
這不就是幸福
這不就是我

囚
與求
人被框進文字的限制裏
所以
從一無所有到有事相求到求之不得
愛
不都是這樣在求救的？

救

斜

他貼在我的耳邊説停下來嗎？
他在微信裏寄來冒汗的表情
他在我的每張登機上註明了不宜過分飛行
他要無賴的把我拉進沙發裏要我只能發呆
他趁著空檔輕輕的把ＣＤ和書塞給我
他在我腳上綁了鐵鍊要我哪裏都不能去
他在我眼前掛了一層紗要我別這麼看重這世界
他在酒裏放了安眠藥要我多沉醉一些時候
他不是我
我跟他總是只在一瞬間匆匆的擦身
但
我卻很明白
他的憂鬱

望

尋找感情的細節來給自己信心
我不介意被框框限制住
有壓迫才會有釋放
有侷限才會有寬廣
懸吊著的心在划行
我相信
你會是我的終點

痕

橫向是溫柔
縱向是折磨
交錯的
是茫然不知到底是何時留下的傷痕
明顯的不是傷口
是
就算知道疼之後不會不執著
竟然會讓感情的不完美
這麼愉悅的在我身上
留下紀念

Bar

單

第一天我可以四面八方的走
第二天我也願意往交通不便的巷弄鑽
第三天我開始猶豫徒勞無功的冒險意義是什麼
第四天我終於只想順著平坦的路
回到自己
我是在對自己談判
為什麼執意要分不清東西南北
為什麼要忐忑的要領誰來參與我的踱步
此路不通，卻要強行登陸
沒有看到嗎？
這是單行道

殘

不帶感情的人怎麼過夜
不帶期望的人怎麼過街

纏

我認真地伸出手被多情的銬拘捕
沒有感情的人怎麼麻木
沒有期望的人怎麼盲目

殘

我全心全意地品嘗各式各樣的殘酷
敢面對自己的敢對自己夠殘忍
才對得起每個陪我走過一段的人

GIORNO

渠

當你成為山脈圍繞我的時候
記得留一方的陽光賜我沐浴
怕窒息
兩個人同時

當你成為河流貫穿我的時候
記得騰一處湖水引我發洩
怕壓縮
兩個人同時

當你成為世界霸占我的時候
記得蓋一座牢房令我自由
怕消失
兩個人同時

渺

出發是有責任的
沒有給自己一些新的感受是白費的
走走停停是要有技術的
走了不停，停著不走都是取巧的
移動處在一地的偌大
我就不是主角了

絞

我是你視線裏的全部，還是一角
你是我和諧的風向標，還是顛簸的兩人三腳
我們有的是很純粹的快樂，也有的是避重就輕的翻攪
都絞在一起了
幸福的，崎嶇的
痛快的，隱晦的
實際的，莫名的
你的，我的

給

迂迴的，直接的
隱晦的，明白的
個人的，大眾的
專屬的，公關的
至於被予取予求久了
似乎也就習慣了不平衡
給多少不等於就能夠得到多少
道理像散在空氣裏的灰塵
一直影響著五官的健康
卻始終規勸著自己
久病會成良醫的

えびす
雑貨・アクセサリー・パーツ
coffee

翔

飛得越遠越好
我聽見自己對自己這樣喃喃自語的叮嚀著
直到天色會淹沒
直到視線會隕落
直到
我終於享受到自由

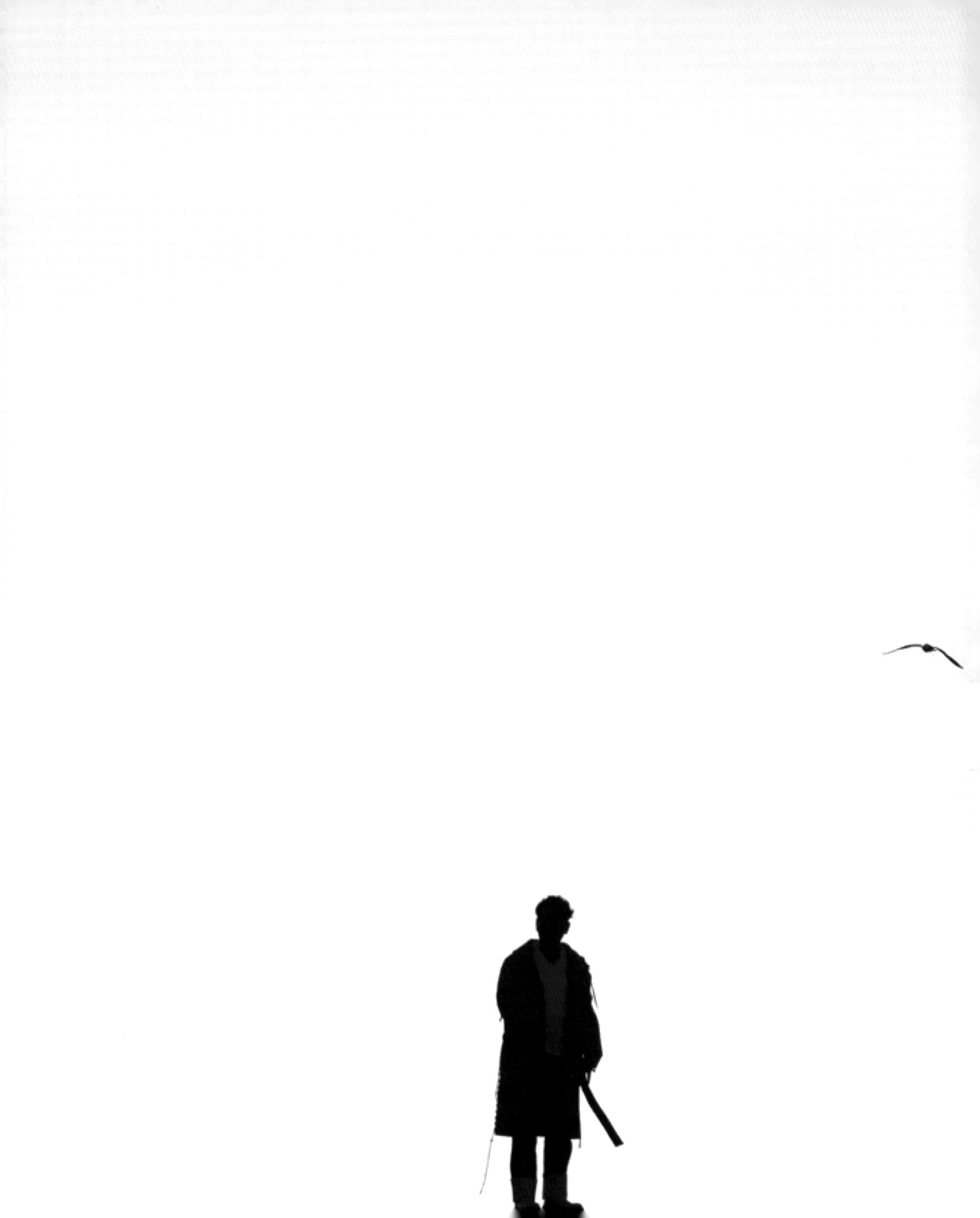

虛

指縫有感
因為握著的東西在遺漏
視線有感
因為原來清楚的在變空無
內心有感
因為沉重的思念在漸漸掏去
時間有感
因為留不住的終究還是留不住
希望有感
因為走了一個期待還會再出現一個

每天貼一個勸告給自己
你給的，他給的，大家給的
但世界好像也沒有因為更多的格言
把我變得更不惶恐（不夠完美）
完了就美
美的永遠是已經消亡了的
耳朵最怕獨裁
視角最恨狹窄
感覺
最恐懼不存在了

貼

跌

好了
我不想從不夠堅決裏站起來
好了
我不願意變成一個不像自己的人
好了
讓一切曖昧不明也許是個好的結果
好了
讓我們都
好了

填

寫字可以填滿空白
咖啡可以填滿寂寞
人群可以填滿街景
藍色可以填滿天空
淚水可以填滿眼眶

微

輕輕的，就會有後勁
小小的，就會很具體
微微的，就會很明亮
淡淡的，就會很濃郁
我說的
是愛情

溺

擅自漠視情感裏的意外的
眼睛就不會淹水
習慣悠遊在誓言與謊言間的
就知道如何呼吸得到空氣
終於扮演不被世人控制的角色的
塵埃就是隨時都會被拂乾淨的不必需品
喜歡背叛人世間規定的道理的
浸在淚水裏也總有辦法迅速風乾
根本就不用等第三者
思潮這個因為自己而產生出來的連體嬰
自然而然的
就會把相愛的兩個人
拉開

當

青春典當了失去換到成長
經驗典當了苦痛換到了會心一笑
時間典當了記憶換到了現在
愛情典當了等候換到了孤注一擲
太陽典當了熱情換到了冷靜
月光典當了皎白換到了星子的陪伴
街燈典當了匆忙換到了路人的雜沓
雙人床典當了溫度換到了單身的恣意
海風典當了吹拂換到了滿眼綠
衣服典當了設計換到了飛揚

我
典當了自己心情的身世
換到了
行進中的故事娓娓道來

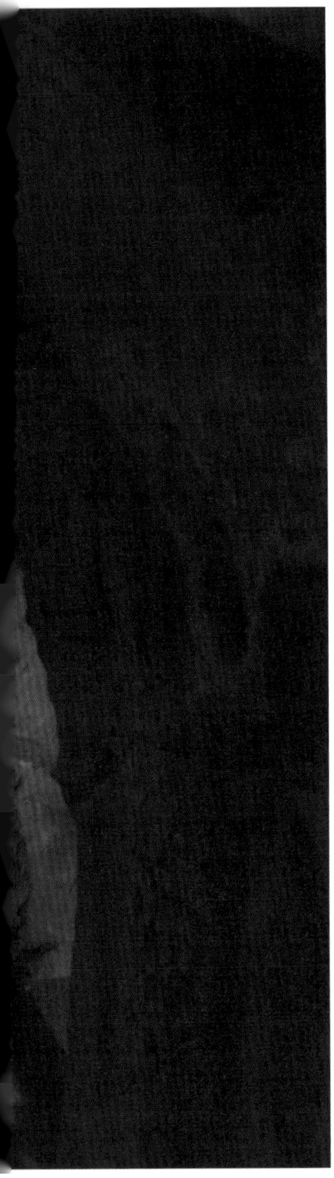

盞

瞥見希望的時候我會睥睨一下
原諒我的悲觀
因為它通常都只是放了一把火之後
就丟我獨自驚恐它的熄滅過程
不走開
至少希望能夠充飢
在人海又將我湧推到不知方向的時候
不否定
至少希望還肯來誘惑我
即便火花又是曇花一現
即便我又被它虛晃了幾次
我仍樂此不疲
有愛過，才會有不愛了
有喜出望外，才會知道自己的房間最不危險

睜

離夠遠了，卻仍然被操控著
箏
世界夠複雜了，卻還可以像自己
真
卻一樣有往事在刺痛著
針
用心看得清楚的不是事實
睜

如果能有完整，誰還會要殘缺？
如果能到最後，誰還會要半途而廢
如果能侃侃而談，誰還會要沉默
如果能看得透，誰還會要一知半解
如果能嘗出冷暖，誰還不停的咀嚼答案
如果能駕馭感情，誰還會自動的俯首稱臣
如果能停駐，誰還會要流亡

跟

和自己捉迷藏
躲到哪裏都會揪出來面對
勇敢是需要被訓練的
勇氣是可以被放到無限大的
本事
和年紀的多寡一點關係都沒有
它只能跟人生有關
跟蹤是一個釐清自我的循環遊戲
被追隨，也追隨別人
１Ｘ１０，１Ｘ１００的經歷堆積在自己心上
篩過的情緒可留的可扔的
我仔仔細細的盯著
世界要怎麼變
人要怎麼惦

躲

請容許我暫時避不見面
兩個人的無語不如一個人的獨白
很多話
不是可以一直執著在你為什麼不懂的質問裏
不喜歡爭辯
所以讓我賞識我的領悟就好
免得
距離越來越遠
關係越來越不自在

過

焦慮
因為看到路人點菸的手而顫抖
因為聽到朋友的故事而疑惑
因為走進一處荒涼的廢墟
以為不過又是擦肩而過的某個城市
卻驚覺
這裏就是我的心
因此又慌又亂
因此不肯逗留
彷佛整座的破碎就是一面鏡子
彷佛整座就是一面破碎的大鏡子
我一直照著自己以往的姿態

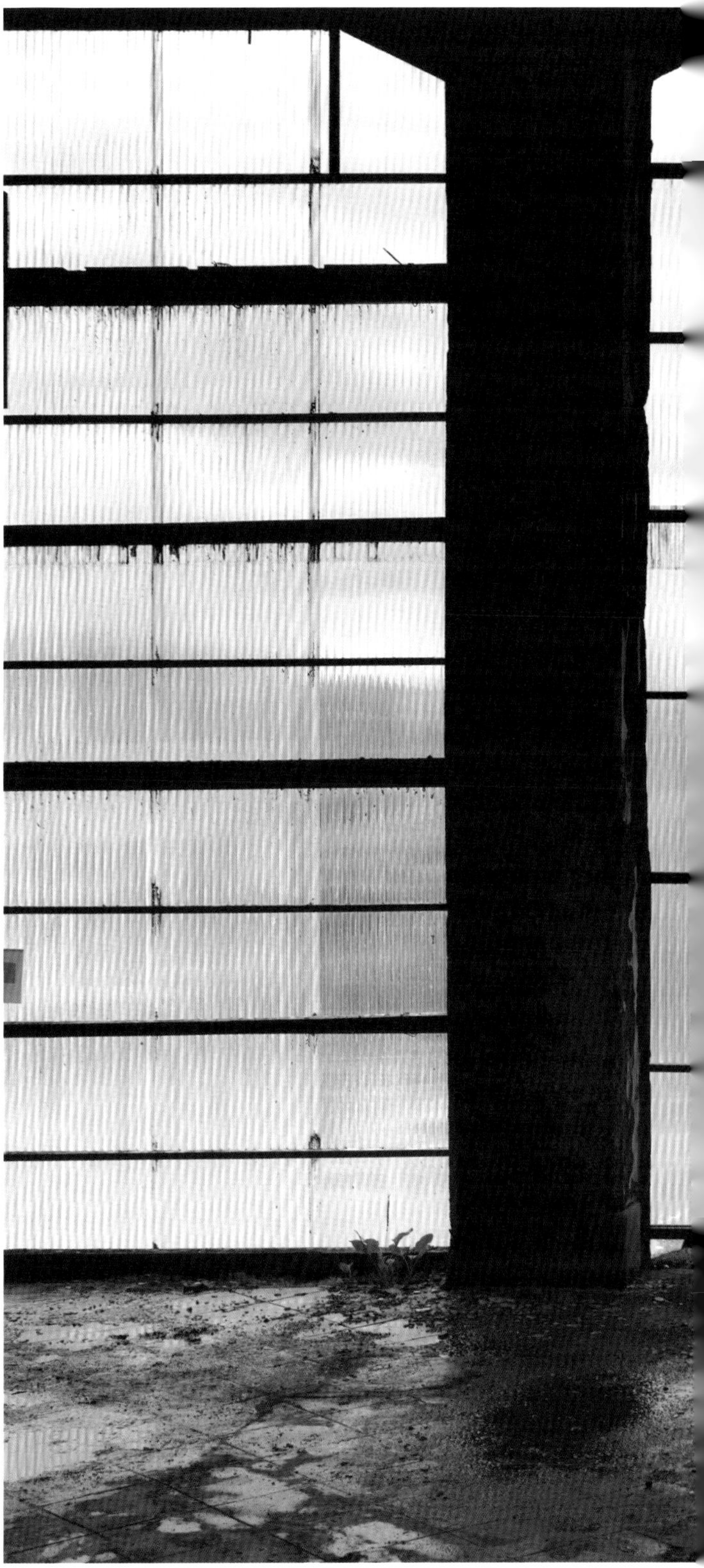

隔

雙手一攤不處理各種情緒的糾結
應該也是一個好辦法
束手就擒的被情愛擺佈
應該也是一種好的選擇
自由被格放到無限大
愛被格放到無限遠
一格放著靈魂
一格擱著遺憾
一格留著快樂
一格躺著不安
自以為整理得夠不被驚動的了
其實
更亂

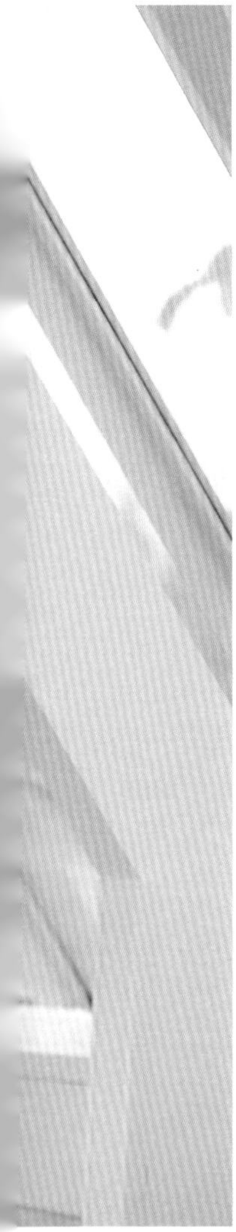

攔截你偶爾溫柔的片刻
放到心底培養出更多的幻想
攔截路人經過的神情
夾到記事本裏紀記錄生活的感觸
攔截和我互相牴觸的心情
墊到感覺裏體會出未曾經歷過的轉折
攔截所有走過的景色的一角
沉到記憶裏不斷格放那時的感受
攔截我
因為我也想成為你生命裏的一部分
是
無法取代的那種

截

裹

不冷
但還是希望能被擁抱
不愛
但仍然渴望被誰擁有
不乏
但可能用孤獨寫詩較自在
不求
但或許這是一個自我解嘲的謊
不黑
只是故事常常把人誘進一景暮色
我用自己包裹著自己
好穩住這隻漂搖的船

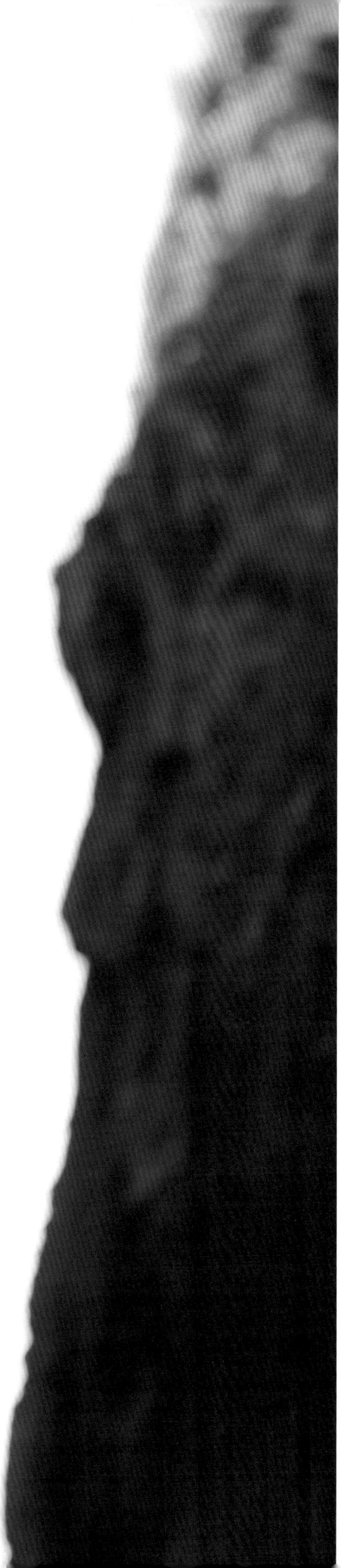

隙

無所事事的自在
和
汲汲營營的索求
你是哪一種？

審

把想說的打好字列印出來
把我的壞、你的好製表分類
把得到的、失去的用數學公式計算好
給我判斷，給你查核
有時會毫無戒備又心甘情願地交出主權給對方
有時又覺得憑什麼把人當成任由擺佈的棋子
感情就是會分階段的給予我們正反兩面的洩洪
止得住的就走下去
忽略它的就走下去
想擺平它們的
就開始會呈現溝通不良的症狀
一直到兩個人都病入膏肓
才分開

暮

落幕了，希冀變得稀落
下了舞台
愛怨情愁即將一掃而空
留戀殘留著也好
免得回憶沒有個可以隱身的去處
喃喃的
是情人之間叨叨的絮語
你聽我投訴，我聽你自白
故事就這樣寫好了
是當季新品也好
是舊書拍賣也罷
都是我

空氣裏有聲波在無聲咆哮
那是分不清是放逐還是追求的疑問句
推過來，我就往感性近一點
盪過去，我就朝絕望陷得再深一點
不愛那個在人潮中的我
喜歡這個可以旁觀自己的我
從喧囂和孤獨之間側身而過
我其實也是有能力看見
快樂

潮

賣

拿我的焦慮換你的旁敲側擊
我儘量不受干擾
也儘量不承認面有難色
將我訓練得一點都不勇敢
是你的責任
把我裝扮得彷彿世界都與我無關
是你附贈的易開罐冷笑
啪的一聲
我的情緒就傾巢而出的冒著氣憤
抗議
沒有經過我同意，就達成的
不平等交易

リーゼンシー
ワタリ
Wave

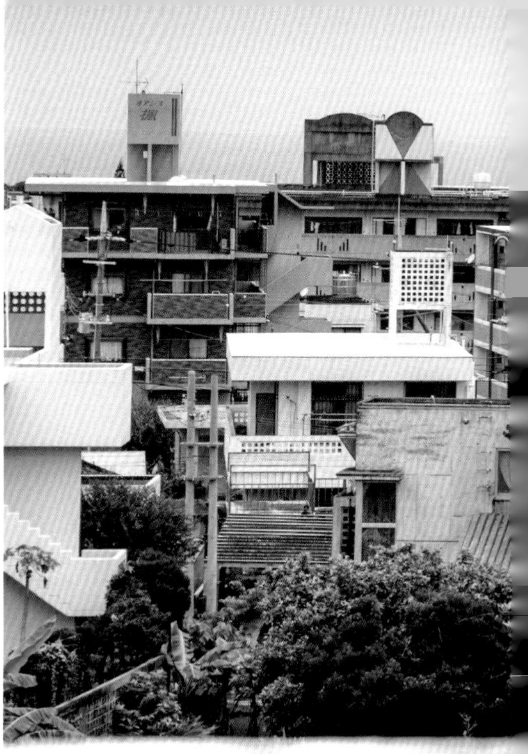

遷

我的憤怒其實也蠻乏味的
攻擊的姿勢通常也只擺在心底
不傷人也就等於赦免了自己
我不是聖人
但至少可以讓誰都好好的
每個人都努力的在建構自己的美好
一梁一柱都承載著我們的想像
各個擺設也都在幫我們說故事
放得進來的，儘量搬
不適合的，也儘量遷
遇到
就
遷

鏽

要不是看到了斑駁，我哪知道時間走過了很久
要不是聽見了吶喊，我哪知道情愛肆虐過幾次
要不是遇上了孤單，我哪知道還有我停駐的地點
要不是閃開了繁華，我哪知道記憶它復活的剎那
要不是浪費了等待，我哪知道？
要不是蔑視了空白，我哪知道什麼樣的自己才夠灑脫
要不是有了要不是
我哪知道
要
或
不是

擋

用眼神擋住不堪入目的波動
用耳朵擋住似是而非的傳聞
用嘴巴擋住不應該脱口而出的埋怨
用手擋住迎面攻來的虛假
用整個身體擋住另一個亟欲脱困的自己
迷濛的眼睛很好
半開半閉的耳朵很好
欲言又止的嘴巴很好
還有微量力氣的手很好
感覺還存在著的身體很好
過濾
是保養自己最好的方法

燒

很烈
我自己知道溫度高到快受不了了
他們說的奮不顧身我做過
只不過在還不曾裂成灰燼以前就退縮了
往後退
懶懶的散走
不是愛就愛了，不是恨就恨了
是
在感情世界裏找好了防守位置
我的心依然火紅
可以紅得讓你被灼傷
就看你
敢不敢直視而已

擱

給你海洋，你卻熱愛退潮的岸
給你天空，你卻狂戀烏雲的暗
給你輕風，你卻嫌棄微弱的愛不必戀棧
很難
給你船，你卻不願停留還想到別處繞一趟
擱置在一邊，讓一切淡出
應該也是個正當的自我防衛

颺

捧一道被光線穿過的透明
虛無
有時候反而是滿手的沉重
我說的是
體會
陽光有刀，讓手心感覺有點刺痛
那是存在的證明
感情有絲，讓手心感覺到被牽引
但
容易斷
鬆開捧心的手勢
遠颺
也就不需要船了
也就不介意
自己永遠在漂蕩著了

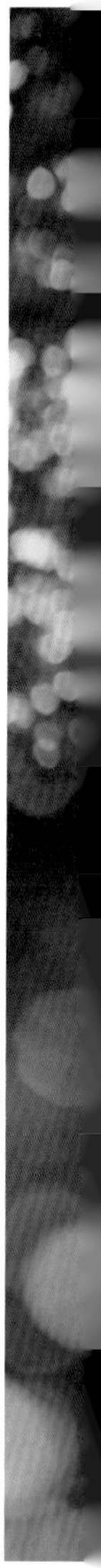

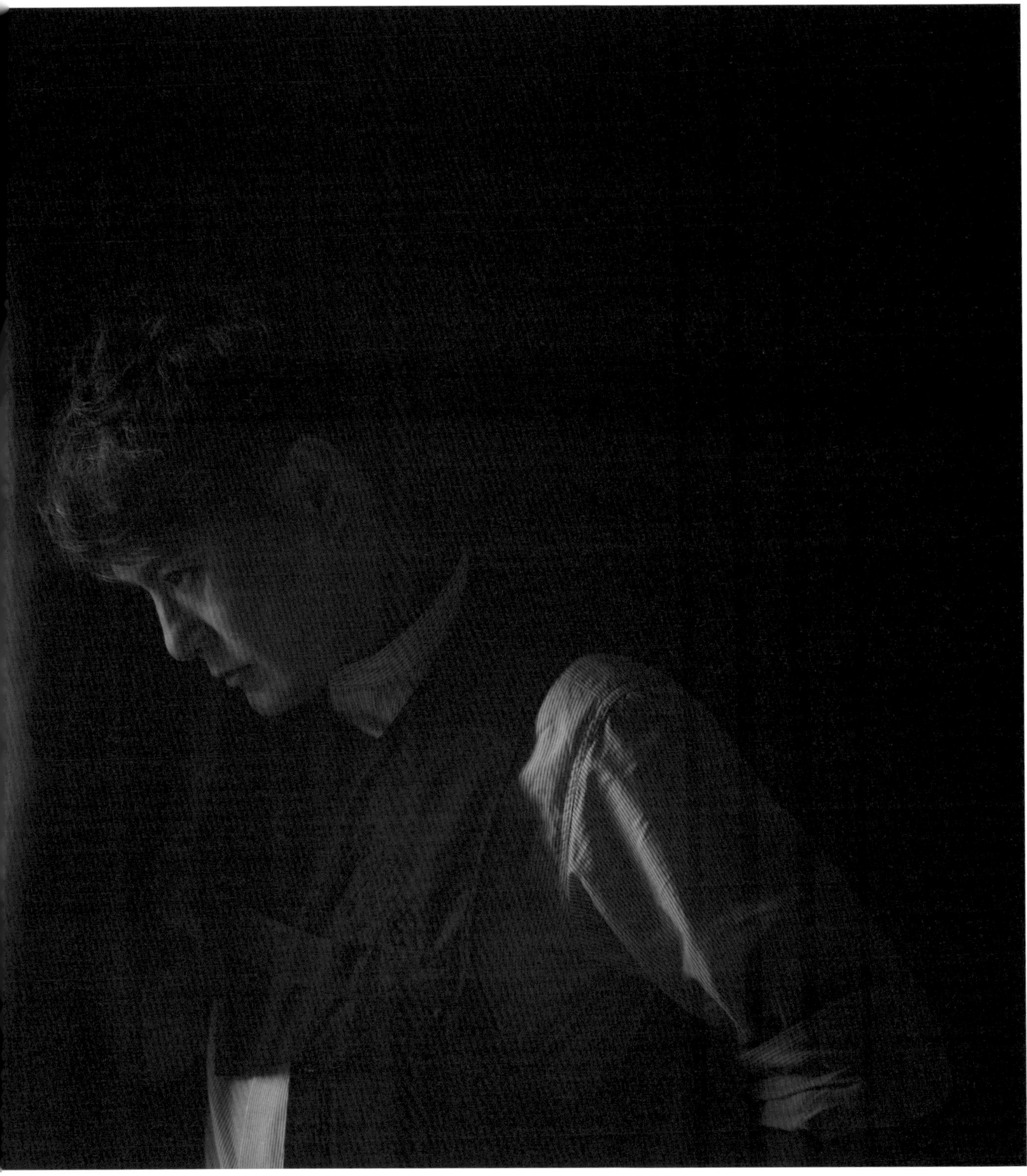

簾

我的憐，在簾後
我的戀，在簾後
我的臉，在簾後
我的鏈，在簾後
我的漣，在簾後
我的鐮，在簾後
我的連，在簾後
我的厭，在簾後
我的斂，在簾後
有時候，並不打算
被看見

攔

低潮有時候夠虛張聲勢
總把人嚇到躲到暗處逃避
其實根本就是又虛晃一招而已
我渴望安靜的當下
我緊盯著能夠成熟的當下
想得到的永遠都做不到
不然就不是常態了
我很樂意讓這些還不圓滿的心情來回穿刺我的心
這樣才會有感覺
活得很好

癮

咖啡杯指望著嘴唇暖暖的碰觸
酒精企圖侵犯渴望的喉嚨
黑框眼鏡期待鼻梁安定的襯托
風景過了仍然霸著腦海的位置不讓
修正液逼試著看手何時拿它來塗掉犯的錯誤
戀人的吶喊在我們吞吐的空氣中叫著痛
車水馬龍在城市外頭邀著拐我們離家出走
異鄉在電腦裏盯著何時按下買機票的按鍵
癮
都是在毫無心理準備時
來襲

緩步步行到你家巷口
急速的疾行離開
人都在快快慢慢的交錯速度裏來回
付出得快，收回得慢
所以情歌唱得淋漓盡致
躑躅越來越變成了常態
不適應的
只能繼續等

躑

揭

看見自己低低的在城市裏流竄
我覺得自在
當我不願交出答覆的時候
就是對你最好的對待
因為
我永遠都不需要變成你要我變成的那種人

我　一個人　和自己聊天

半

我有的，你沒有
我失去的，你沒有
我留戀的，你沒有
我習慣的，你沒有
我莫名的，你沒有
所以
盲目還是比較快樂
被遺忘還是比較快樂
一意孤行還是比較快樂
和自己獨處
還是比較快樂

伏

風在哼著安眠曲
天敞開雙臂安撫我沉睡
城市都靜了下來
這時候的我
像飛
不必用眼睛搜尋降落的地點
不必使力振翅往前
就這樣飄著
成為潛伏到你細胞裏的基因

冷

有種節奏我跟不上
那是人性變化的速度
有一種迷惑我捨不掉
那是愛怨互相拔河時的掙扎
有一種冷我判斷不了
究竟是空出位置後的悵愴
還是霸占不住後的欲振乏力

沉

慢慢墜　慢慢墜
不要再抵抗自己無力面對的
這也是一種選擇吧
不需強而有力
卻直達心底

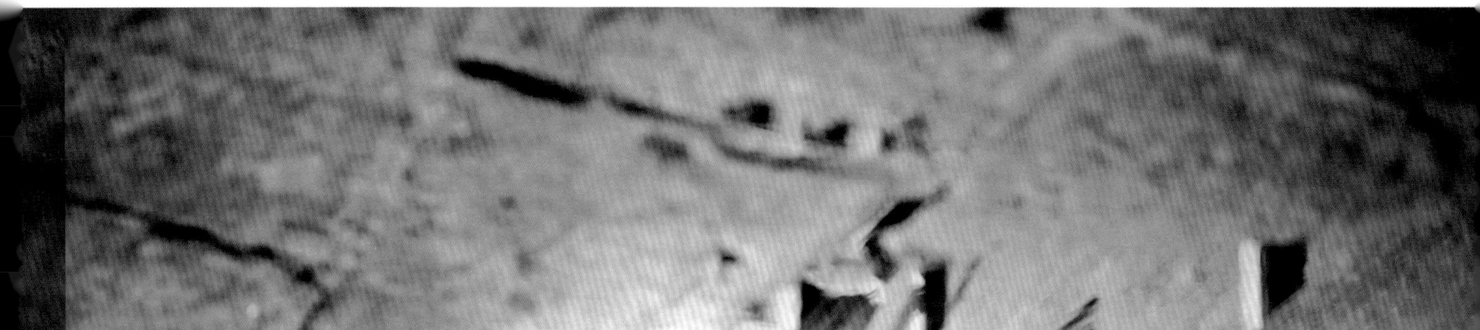

隱身在風景的色彩裏
讓我和諧的和你們形成同一座城堡
我不特別
我只是你們心裏的某個聲音
唱惋惜也歌人生
讓我不斷的向你仰視
因為那是我展示愛你們最清楚的角度

沒

夜

心事飛進眼睛張不開
全世界就只剩下夜沉，沒有白天
淚腺會被沙礫般的稜角刺激
形成兩條河
流
流
流著
平行卻又互相交錯
你問我要揉掉什麼？
你問我怕承擔什麼？
我只能用沉默回答
我只有沉默

奔

感覺有股力氣拉住我
想往左，想往右
似乎都由不了人
還好
想往前的不是雙腳
是我永遠好奇，急著探索的
心

盲

城市再怎麼四下無人
還是感覺擁擠
飛過的地方再怎麼燈火輝煌
還是會視而不見
降落
只是地圖上的目的地名
感情落腳的歸宿
眼睛看不見
但
心看到了

築起一道城牆
隔離那個沒有安全感的片刻
讓我可以不要慌、不要亂、不要想
時間會培養出人面對孤獨的抗體
城市
會不會願意收留不管到了哪一個國度
都會感覺不到家的靈魂

陌

人總是擅長和自己敵對
幸福的，偏要往不幸裏鑽
幸運的，就是要放走穩贏的牌
才爽快

當我別過頭去的時候
其實是不想看見那個明知故犯的我
就像愛情
也有不堪正視的那個剎那

逃

梭

時間騎著歲月渡河
愛情亮著旗幟宣示
車窗囂張的穿裁身體
視界
一幀一幀的被固定在腦海的資料庫
在沉澱的當頭
一幕幕匆匆出現
我想
我應該有愛過

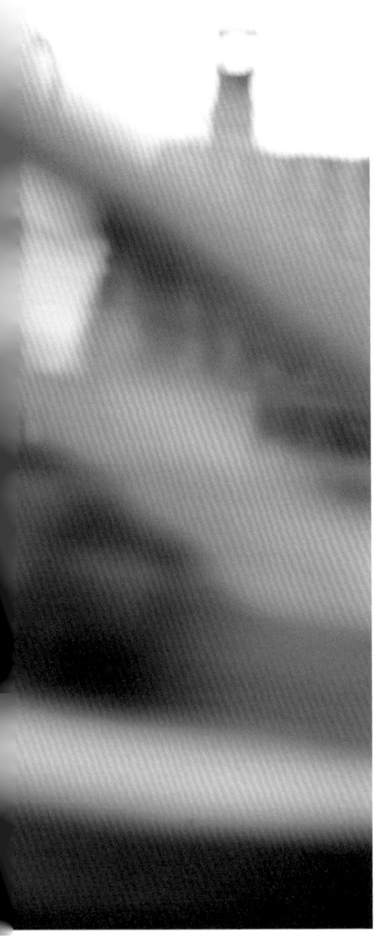

淡

能揮霍的我就毫無保留
能承受的我就不會喊痛
很近
在眼角的餘光裏我誠實的存在著
很遠
在咄咄逼人地尋找後
還是沒有答案

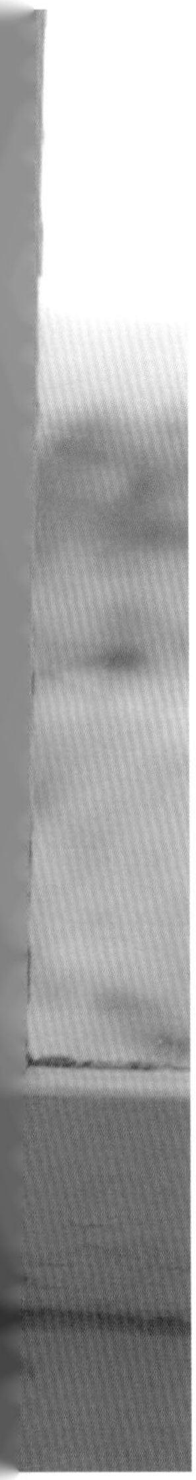

讓你的手臂彎進我身體的各種弧度裏面來
勾住一點點接觸時的溫度吧
寧願
我是你們取暖的避風塘
寧願
也是你們曲折後的停靠站
雖然
我偶爾也脆弱到有這樣的需要

牽

訣

情緒非得殺得你死我活的
尤其是在不能作出抉擇的當頭
厭倦了局面裏的相關角色
愛上要分出輸贏的快感
然後
就變得醜陋
就變得殘忍
就變得陌生

能不能每場遊戲都不要開始
我沒有能力
裝出勝利者的笑容
和
失敗者的逃之夭夭

透

喜歡追逐，也喜歡被追逐
誰說人到了某一個時候就必須定型
才叫做成熟
成熟裡面有個賊
老是愛偷走我的理智
讓我用幼稚的方式出現
年紀
跟著時間越長越年輕
不要輕易的說你看透了什麼
因為
世事都不會只有一個道理

敞

刺眼的
永遠是離我很遠的人

疏

離開和走近
都不是解決寂寞的好辦法
我在推開門的時候
突然
聽見
自己跟自己這麼的勸說

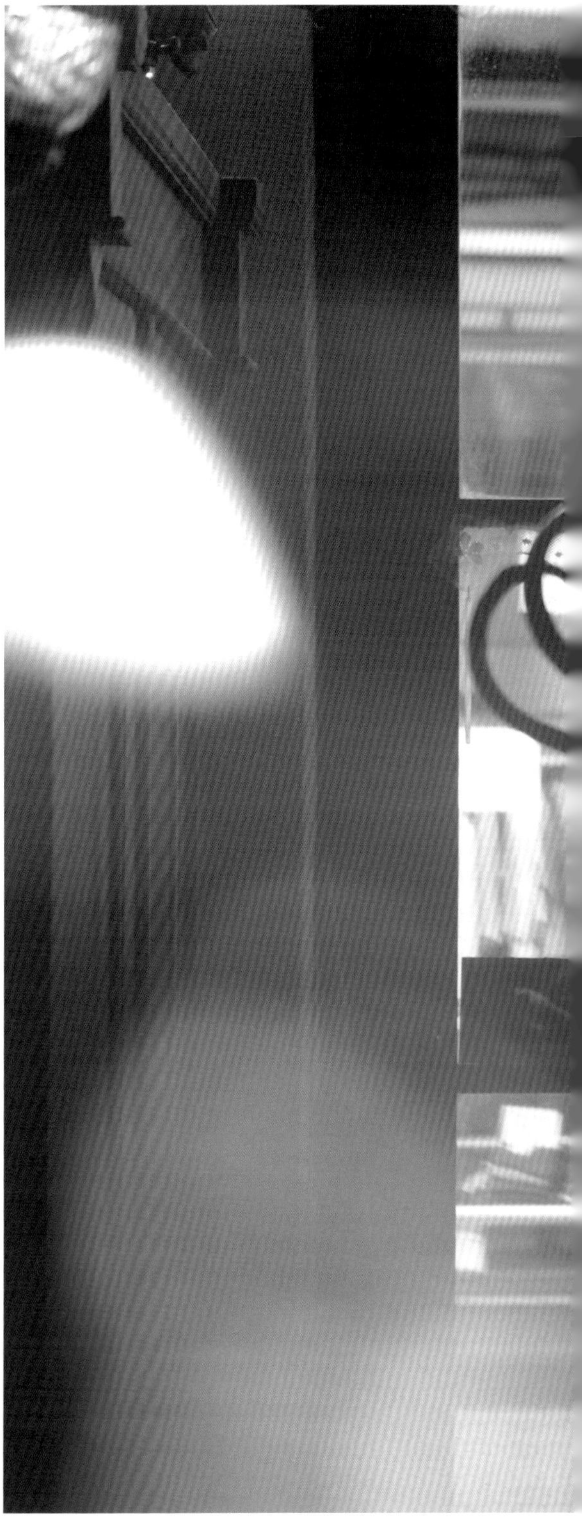

等

男人的價值不在於計較付出有沒有獲得
可以有時候不勇敢
也可以選擇不用處處坦白
留給自己的才叫做心情
在耳語裏浮沉
才知道
只有自己才是自己的知音

遙

一直嗅不到的氣味，才是芬芳
一直望不盡的天空，才是晴朗
一直到不了的地方，才是天堂
一直跟不上的腳步，才是愛人
一直分不開的影子，才是自己
一直打不開的結，才是真實

徹

窺視世界的長相時
我們會驚慌
因為有時候會和我們想得不一樣
感覺那個人的親吻時
我們會往後退
因為時間總是不平衡
逃離所有束縛的時候
我們會形跡敗露
因為根本就分不清楚
是要
還是不要

凝

方向
始終存在於那無心的一瞥
然後
才發現自己
早就把自己忘在某一處未知的荒蕪的僻壤
往它走去
又熟悉，又陌生

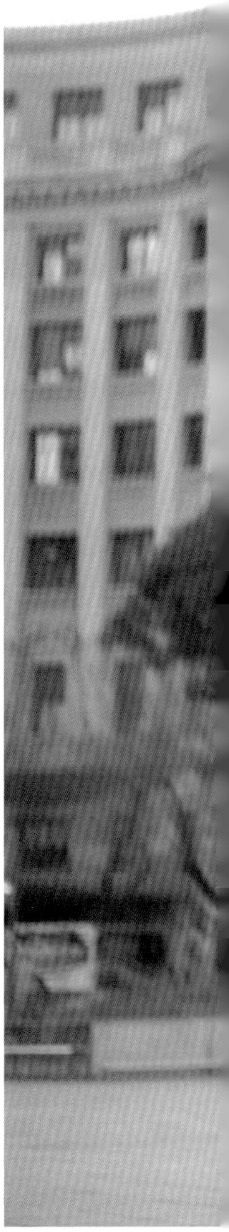

風是翅膀
安靜的輕吻樹梢的嫩枝
呼嘯的拍打塔頂的十字架
童年的單純就在輪軸的轉動中
鏗鏗的迴到現在
遠去的青春也就再也不那麼的陌生
它就是我
我就是它
一個無關世俗的自在

蕩

醒

眼睛有時候還是惺忪一點比較好
我渴望所有的選擇權都握在手中
想面對的
我醒著迎接它們
不想擁有的
我就讓它們不著痕跡的擦身
這不是逃避
是
只愛正能量的態度

舊

剝落的
明年還會發出新芽
哭泣的
離開後還是會夜夜嚎啕

停駐的
未來還是會航行遠方
心事是舊的
下一站的旅程是新的

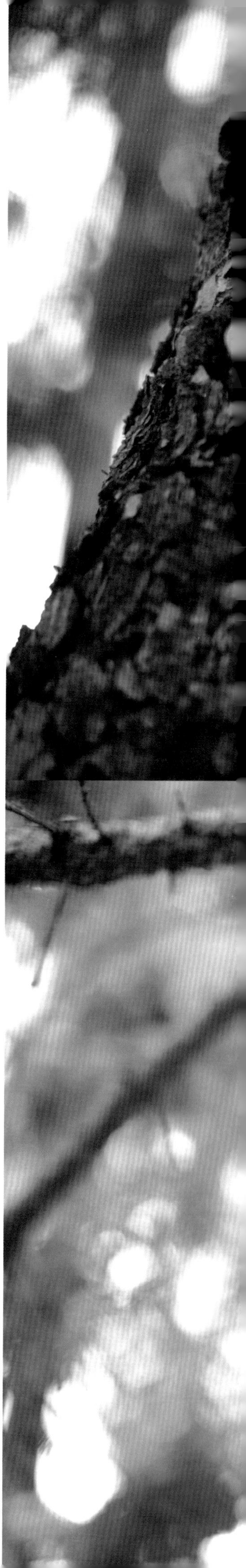

轉

感情原地自轉成漩渦
季節四次輪換成一個階段
我在其中
無意識的和自己碰撞
像河流若沒撞到石子就不會有浪花
像陽光若失去烏雲就不會有燦爛
自由不是別人給的

雜

當我想看穿你的時候
請不假思索的遠離我的視線
當我想你變成我的時候
請義無反顧的掙脫我的擁抱
讓我享受殘酷就好
別在意我的一意孤行

矇

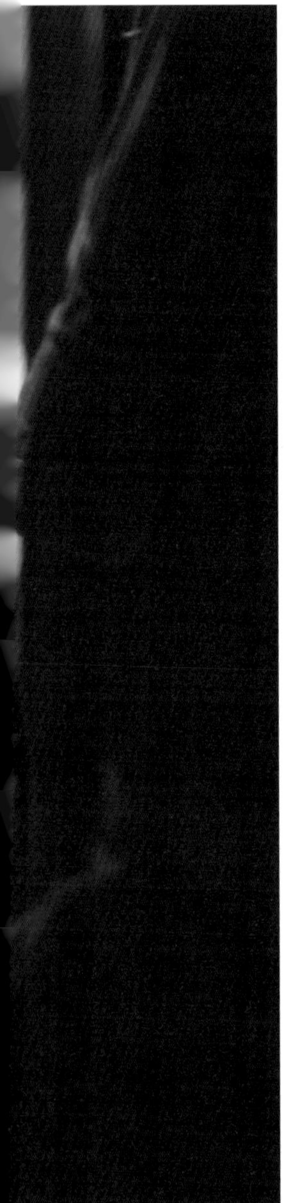

眼睛裝的是殘淚
行李箱裝的是忙碌
手機裏裝的是呼喚
心
我只要囤積夢想

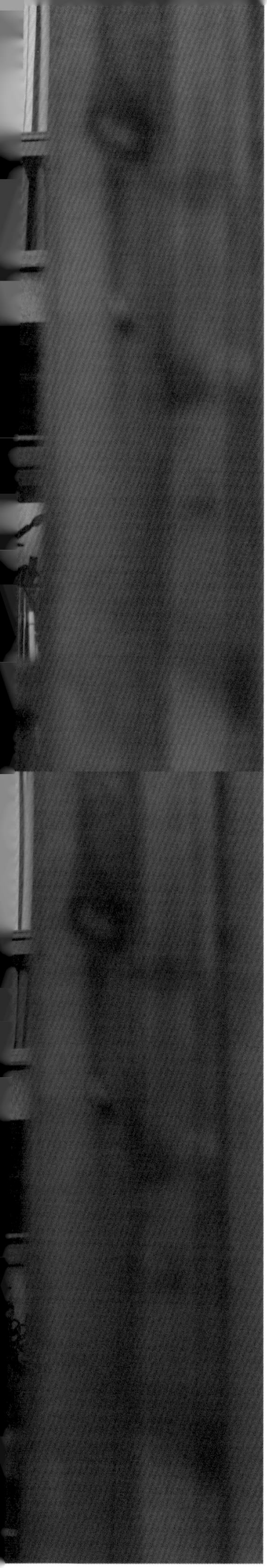

疊

我被折進給你的思念裏
你被複製在我對你的瘋狂上
不可以抽離
不然兩個無辜的靈魂
就回不到同一座監牢裏了

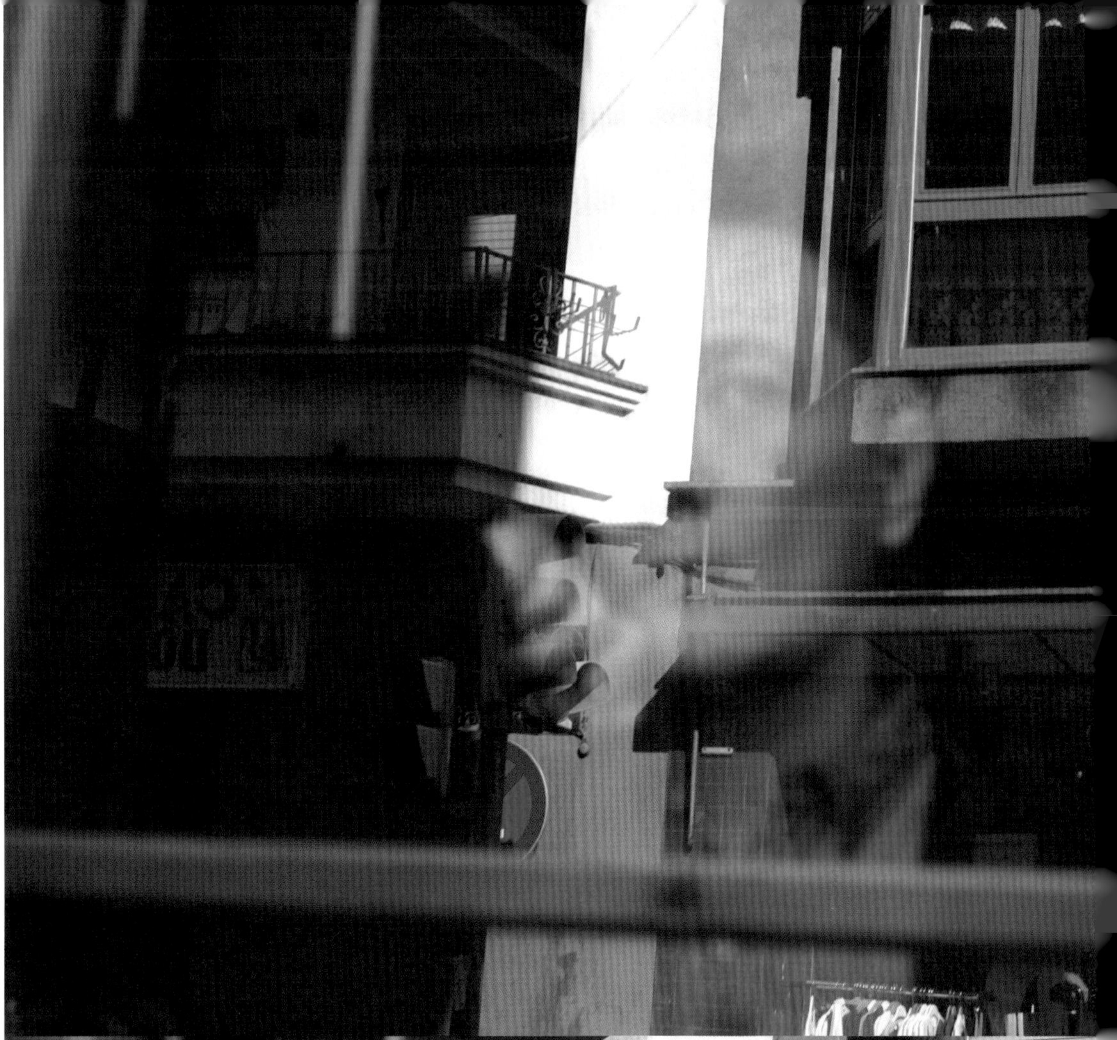

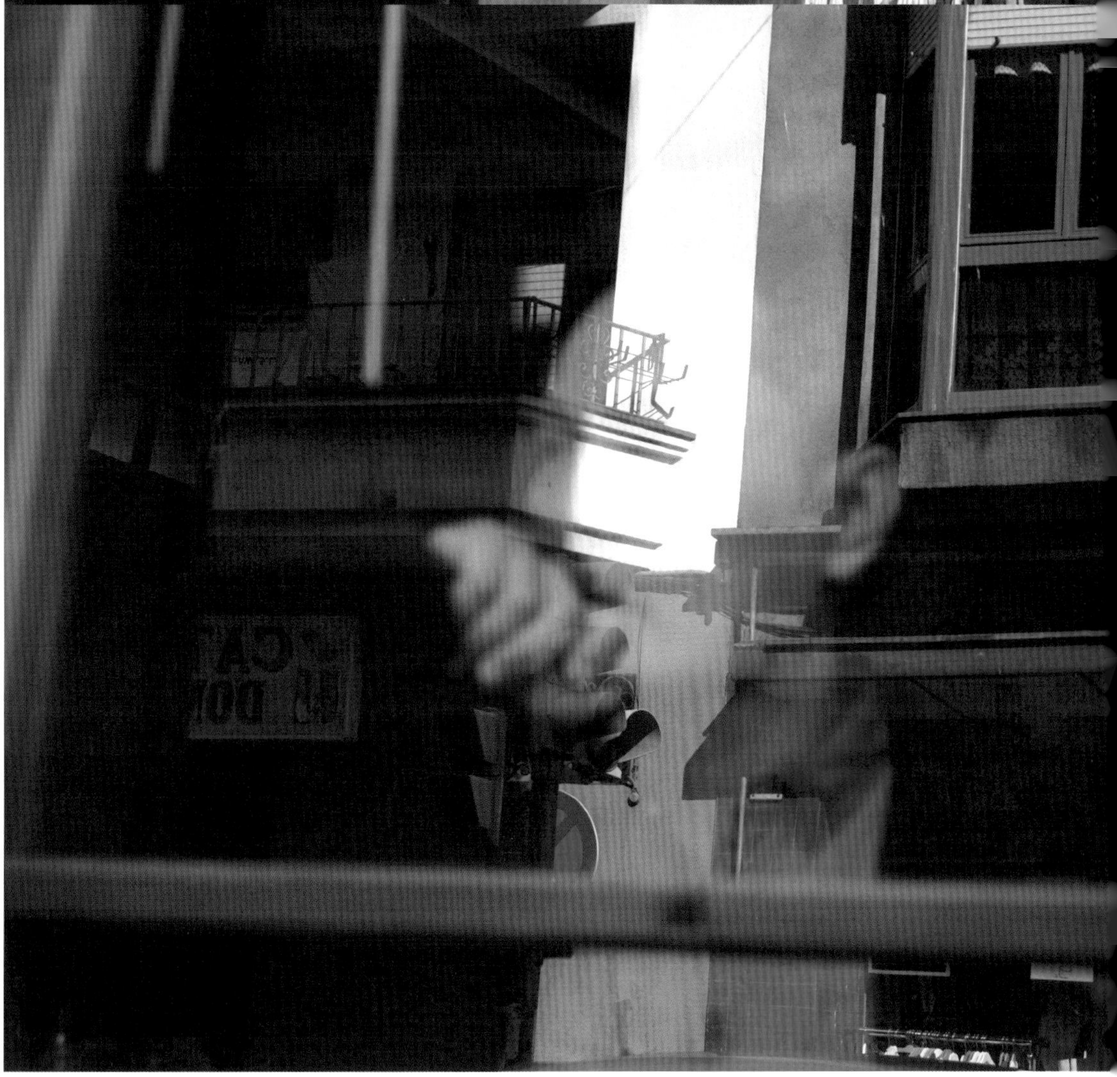

讀

字
落在我每場為你表演的舞台上
字
刻在我開口後的每個音符間
字
烙在你們任何時候遇見我的身影中
字
靜止在我沉默不說的空氣裏

演員用編劇的台詞説
閱讀者用作家的字眼説
路人用風吹草動引起的感觸説
歌手用寫詞的人的意念説
觀眾用電影的情節説
戀人們用彼此的衝突説
流浪者用他鄉的街景説
未來用現在的矛盾説
我
用每一次的態度
説

Say

字私

2018年1月初版
2024年1月初版第六刷

定價：新臺幣850元

著者	張信哲
攝影	胡世山
企劃統籌	何啟弘
企劃執行	JOY & JOY
	周啟剛
責任編輯	周啟剛
美術設計	周正道
裝幀設計	周正道
服裝造型	王鴻志
	JOY CHEN
化妝髮型	李再展
校對	吳美滿

企劃製作	潮水音樂有限公司
地址	台北市信義區松智路36號7樓
出版者	聯經出版事業股份有限公司
地址	新北市汐止區大同路一段369號1樓
叢書主編電話	(02)86925588轉5305
台北聯經書房	台北市新生南路三段94號
電話	(02)23620308
郵政劃撥帳戶第	0100559-3號
郵撥電話	(02)23620308
印刷者	文聯彩色製版印刷有限公司
總經銷	聯合發行股份有限公司
發行所	新北市新店區寶橋路235巷6弄6號2F
電話	(02)29178022

副總編輯	陳逸華
總編輯	涂豐恩
總經理	陳芝宇
社長	羅國俊
發行人	林載爵

行政院新聞局出版事業登記證局版臺業字第0130號

本書如有缺頁，破損，倒裝請寄回台北聯經書房更換。 ISBN 978-957-08-5060-4 (精裝)
聯經網址 http://www.linkingbooks.com.tw
電子信箱 e-mail:linking@udngroup.com

國家圖書館出版品預行編目資料

字私/張信哲著．初版．新北市．聯經．2018年
1月（民107年）．256面．21×29.5公分

ISBN　978-957-08-5060-4（精裝）
[2024年1月初版第六刷]

855　　　　　106023545